FAKTILLON

Fakten und andere Halbwahrheiten, recherchiert vom Postillon

riva

Bibliografische Information der Deutschen Nationalbibliothek

Die Deutsche Nationalbibliothek verzeichnet diese Publikation in der Deutschen Nationalbibliografie.
Detaillierte bibliografische Daten sind im Internet über http://d-nb.de abrufbar.

Für Fragen und Anregungen:
info@rivaverlag.de

www.der-postillon.com

Originalausgabe
1. Auflage 2017

Nymphenburger Straße 86
D-80636 München
Tel.: 089 651285-0
Fax: 089 652096

Layout, Satz, Umschlaggestaltung: Oliver Kroh (agentix – marketing & werbung)
Umschlagabbildungen: © ESB Professional/Shutterstock.com; VGstockstudio/Shutterstock.com
Druck: Graspo CZ, Tschechische Republik
Printed in the EU

ISBN Print 978-3-7423-0125-3
ISBN E-Book (PDF) 978-3-95971-463-1
ISBN E-Book (EPUB, Mobi) 978-3-95971-462-4

VORWORT

Wenn man die Buchstaben aus dem Wort »Vorwort« in anderer Reihenfolge anordnet und dazu mit weiteren Buchstaben aus dem Alphabet in beliebiger Häufigkeit ergänzt sowie zur Verbesserung der Lesbarkeit Interpunktionszeichen einsetzt und das Ganze noch mit sinnvollem Kontext füllt, so könnte daraus mit 23-prozentiger Wahrscheinlichkeit ein durchaus brauchbarer Text entstehen, der sogar als »Vorwort« Anwendung finden könnte.

Angela Merkel bildet bei öffentlichen Auftritten oft mit ihren Händen eine Raute, um die beiden Totenkopftattoos auf den Spitzen ihrer Zeigefinger zu verbergen.
FAKTILLON

Julia Mann, die Mutter des berühmten Schriftstellers Thomas Mann, hieß eigentlich Julia Frau, nahm jedoch nach der Hochzeit das Geschlecht ihres Mannes als Namen an.

Blut ist dicker als Wasser, aber Blutmarmelade ist dünnflüssiger als Wassermarmelade.

In der Nacht vom 21. auf den 22. August ist der Mond mit bloßem Auge zu sehen.

Schnee kennt null verschiedene Namen für Eskimos.
FAKTILLON

Synchronschwimmerinnen gehen immer gemeinsam aufs Klo.

Gänse bekommen Entenhaut, wenn ihnen kalt ist.

Die größte Spinne der Welt hat acht Beine.

Ein Mann aus Trier kann
das gesamte Alphabet
mit verbundenen Augen aufsagen.
FAKTILLON

Ein Barsch aus dem Bodensee wurde als Kind in der Schule gehänselt, weil sich sein Name auf »Arsch« reimt.

Sonnenblumen wurden erst im 15. Jahrhundert vom italienischen Raumfahrer Christoph Kolumbus von der Sonne nach Europa gebracht und dort kultiviert.

Vor der Entwicklung moderner Zahntechnik hoben viele Menschen ihre eigenen Milchzähne auf, um im Alter ein hochwertiges Gebiss daraus zu bauen.

Frankensteins Monster heißt in der originalen Erzählung Thorsten.
FAKTILLON

Der Komponist Johannes Brahms trug einen Vollbart, um nicht mit seiner Ehefrau Maria verwechselt zu werden.

Bertha Benz musste nach der ersten Automobilfahrt der Welt im Jahr 1888 eine Strafe von 30 Reichsmark zahlen, weil sie beim Fahren Flip-Flops trug.

Die Große Sphinx von Gizeh hatte nie eine Nase, sondern einen 23 Meter langen Schnabel.

Wandfarbe darf in Europa höchstens 20 Prozent Magerquark enthalten.
FAKTILLON

Stellt man sich genau auf die Äquatorlinie, wird man wegen der dortigen sehr starken Erdrotation mehrere Meter weit geschleudert.

Wenn man sich in einem Flugzeug bei Überschallgeschwindigkeit unterhält, hört der, der weiter vorne sitzt, erst nach der Landung, was der andere gesagt hat.

Bevor das Smartphone erfunden wurde, mussten die Menschen Emojis per Hand auf Postkarten malen. 😢

Frauke Petry hat noch nie ein
Wimbledon-Finale verloren.
FAKTILLON

Im Arabischen kann man von 0 bis 10 zählen, ohne die 12 benutzen zu müssen.

Das W im Namen von George W. Bush steht für Waldemar.

---

9 von 10 Menschen steigen auf ein Hausdach und singen lauthals »My Heart Will Go On« von Céline Dion, wenn sie Liebeskummer haben.

WARNING: May explode or
leak if inserted incorrectly.
Risque d'explosion ou de fuite
lorsque les piles sont mal
Wenn man nicht weiß, ob eine Batterie voll oder leer ist, wirft man diese mit aller Kraft auf einen Glastisch. Wenn die Scheibe bricht, ist die Batterie voll.
FAKTILLON

Ein Chamäleon ist in der Lage, seine Wohnung alle paar Tage komplett neu zu streichen.

Ein Tennisball im Mund hilft gegen ständiges Gähnen.

Ein Chinese, der einen 37-fachen Salto aus dem Stand schaffte, ist bei der Landung unglücklich aufgekommen, umgeknickt und an einer komplizierten Knöchelentzündung gestorben, bevor er seinen Rekord publik machen konnte.

Im Vorgarten von Helmut Ditz in
Altötting passieren die wenigsten
Morde auf der ganzen Welt.
FAKTILLON

Ausrutschen auf einem Delfin ist die weltweit 23751.-häufigste Todesursache.

Auf »Ort« reimt sich kein einziges deutsches Wort.

In gleichgeschlechtlichen Beziehungen ist meist der eine Partner älter als der jüngere.

Wenn eine Fliege aus dem 7. Stock fällt, landet sie genau auf ihren Füßen.
FAKTILLON

In jedem Euro steckt die Kraft von 100 Cent.

Lava ist trinkbar. Aber nur einmal.

Die seltenste Augenfarbe der Welt ist Blaugelbweißviolett mit schwarzen Nadelstreifen.

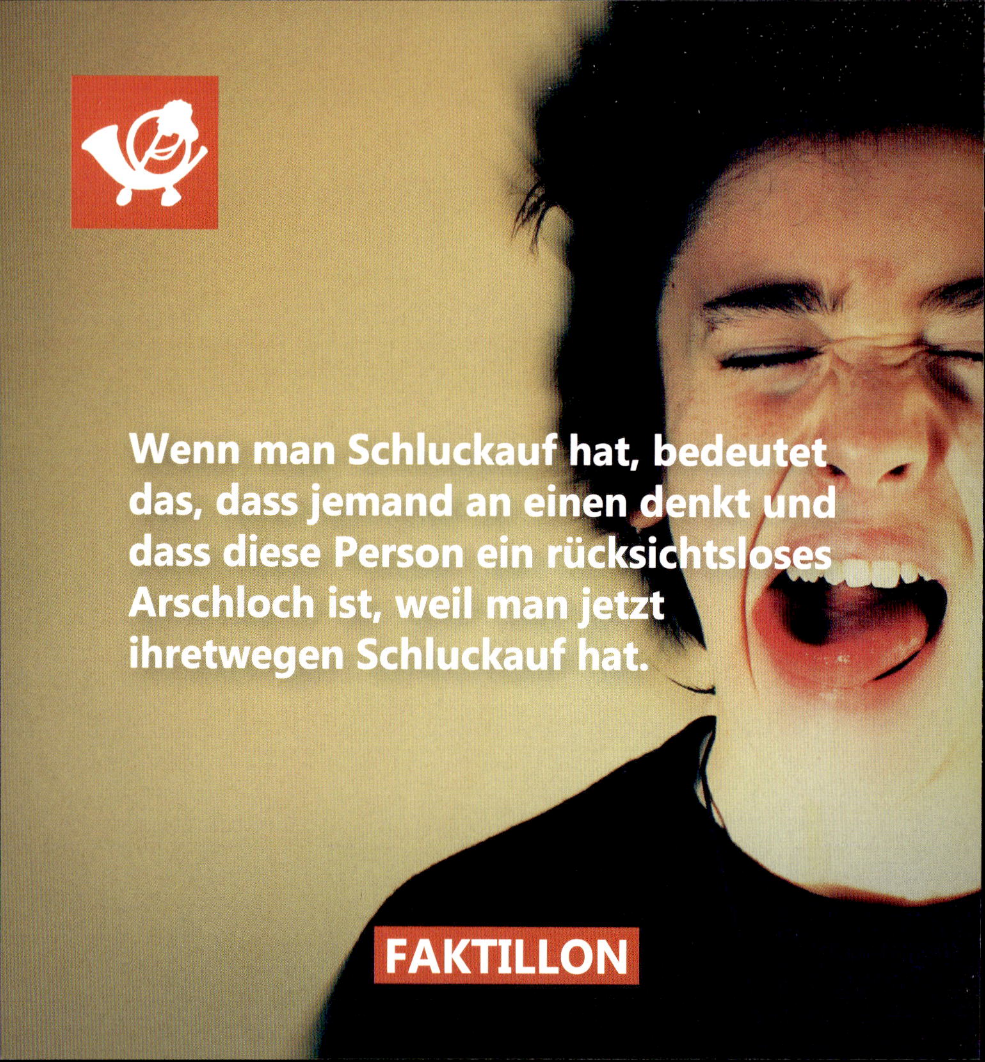

Wenn man Schluckauf hat, bedeutet das, dass jemand an einen denkt und dass diese Person ein rücksichtsloses Arschloch ist, weil man jetzt ihretwegen Schluckauf hat.

FAKTILLON

Studien zeigen, dass regelmäßiger Sex mit einer Krankenschwester das Immunsystem stärken kann.

Die Bedienung eines Feuerlöschers ist deutlich schwieriger als das Legen eines Feuers.

Veganer bestehen aus Fleisch, damit sie sich nicht gegenseitig aufessen.

In Kalifornien hat ein Delfin einen Mann aus großer Not gerettet, indem er ihm 1 Dollar 25 für den Bus geliehen hat.
FAKTILLON

Laut einer Umfrage im Bundestag ist Politiker der anstrengendste Beruf der Welt.

Im Durchschnitt sind alle Menschen gleich alt.

Der Aushilfsverkäufer eines Berliner Türengeschäfts verbrachte vier Nächte im Laden, weil er den Ausgang nicht finden konnte.

Für Menschen mit einem IQ über 120
ist dieser Text unsichtbar.

FAKTILLON

Die Sterbewahrscheinlichkeit für einen Raucher bei einem Autounfall ist deutlich höher als die eines Nichtrauchers, der keinen Autounfall erlebt.

Eine Laune der Natur: Pinguine können nur fliegen, wenn ihnen keine Menschen dabei zugucken.

Wenn man sich auf die Waage stellt und alle Muskeln gleichzeitig anspannt, wiegt man bis zu sechs Kilo mehr.

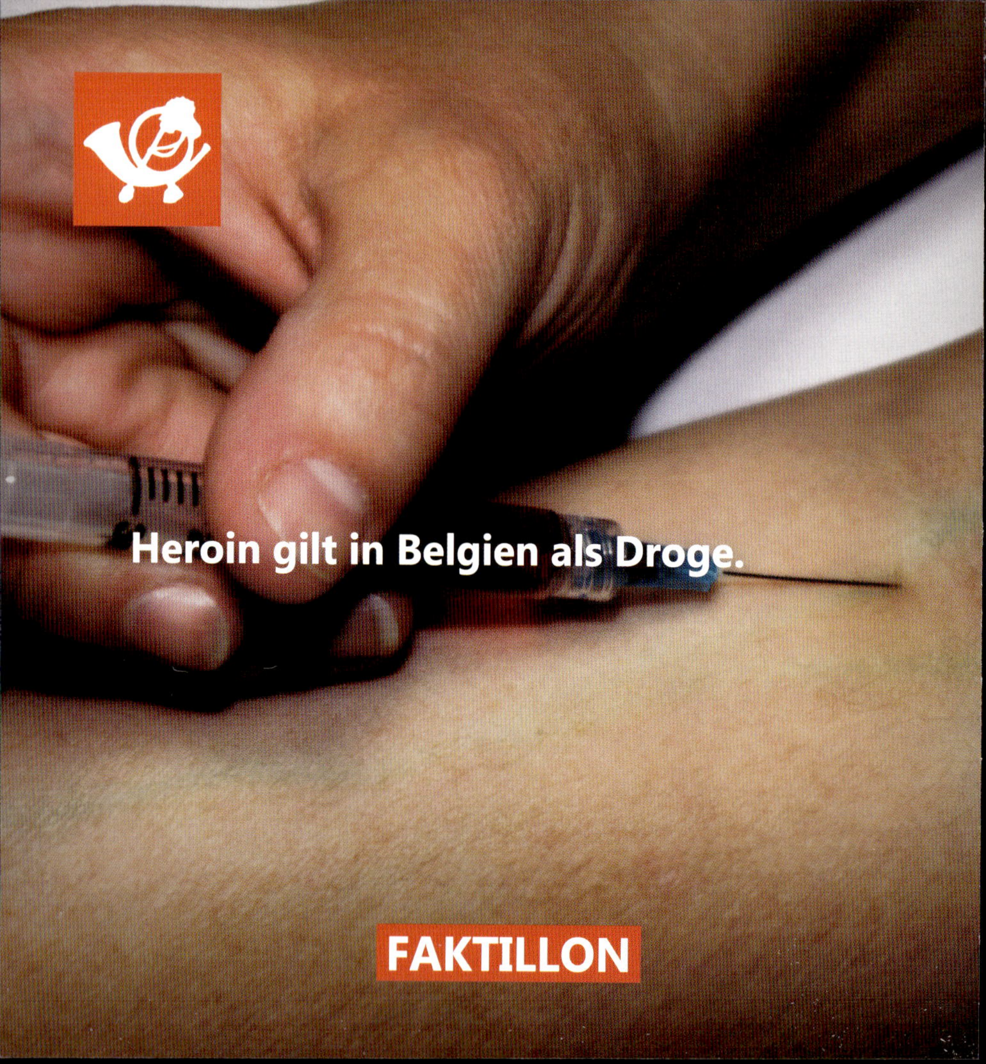
Heroin gilt in Belgien als Droge.
FAKTILLON

Wenn man es schafft, 500 Mal den Satz »Ich habe nichts zu tun« aufzusagen, hat man tatsächlich nichts zu tun.

Weil am 4. März 1979 alle Ärzte in Deutschland gleichzeitig krank waren, konnte später niemand von ihnen seinem Arbeitgeber ein gültiges Attest vorlegen.

Hunde können kein UNO spielen, weil sie farbenblind sind.

78 Prozent aller Leute, die sagen, dass sie für jemanden die Hand ins Feuer legen würden, haben gar keine Hände.
FAKTILLON

Mit Zwillingen ist man 18 Monate schwanger.

Der stärkste Mann der Welt kann sich selbst nicht hochheben, weil seine Muskeln zu schwer sind.

Im Jahr 1997 verschluckte der mexikanische Opernsänger Carlos Junto während eines Konzerts in Barcelona 39 Bienen und sang trotzdem bis zum Ende.

Die Erde ist der einzige Planet unseres Sonnensystems, der alle vier Jahre eine Fußball-EM austrägt.

FAKTILLON

Niederländische Wissenschaftler arbeiten an einem künstlichen Ersatzstoff für Plastik.

Jeder 12. Fünfte hat Probleme mit Statistiken.

Super Mario basiert auf einer wahren Geschichte.

Man kann nicht mehr als 100 Prozent geben. Außer man strengt sich ganz arg an. Dann gehen maximal 107 Prozent.
FAKTILLON

Tausendfüßler haben 500 Penisse.

Vor der Erfindung des Papiers reinigten sich die Menschen mit Tontäfelchen den Hintern.

Vincent van Gogh hatte drei Ohren, als er zur Welt kam.

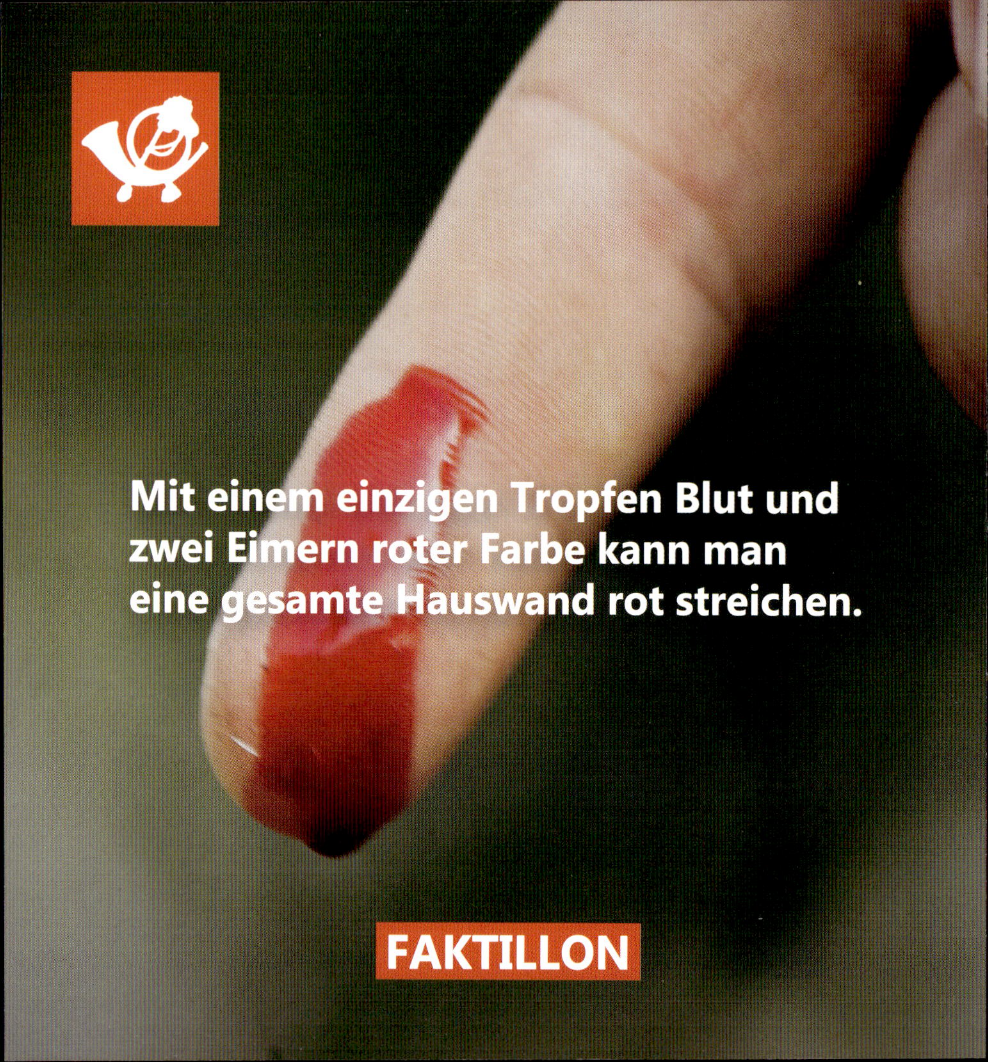
Mit einem einzigen Tropfen Blut und
zwei Eimern roter Farbe kann man
eine gesamte Hauswand rot streichen.
FAKTILLON

Wenn man einen Zauberstab in der Hand hält und Hokuspokus sagt, passiert nichts, weil Hokuspokus kein ernst zu nehmender Zauberspruch, wie zum Beispiel Abra Kadabra, ist.

Ein europäisches 5-Cent-Stück ist genau so groß wie eine kanadische 10-Dollar-Note. Nur rund, aus Metall und viel kleiner.

Ein erwachsener Mann kann gleichzeitig 6.354.237 Ameisen hochheben.

Ein tödlicher Virus ist 11-mal so tödlich wie ein nicht tödlicher Virus.

FAKTILLON

In Italien dürfen Autofahrer Ampeln nur bei Gelb überqueren. Bei Rot muss gewartet werden, bei Grün dürfen Roller und Lkw fahren.

In einem Teller Buchstabensuppe ist jeder Buchstabe genau fünfmal enthalten. Außer das E. Das ist sechsmal drin.

Der Nachbar von Carl Benz war neidisch auf dessen Mercedes.

Übermäßiges Masturbieren führt zu Haarausfall an den Händen.
FAKTILLON

**Elefanten können gehen,
indem sie ihre Beine bewegen.**

**Ein Stück Erdgestein kostet auf dem Mond
umgerechnet 2,7 Mio. US-Dollar.**

**Wenn man einem Esel das Maul zubindet,
dann macht er nur noch »Iiih«.**

Brasilien ist es noch nie gelungen, sich für die EM zu qualifizieren.

FAKTILLON

Wenn etwas über 10.000 Likes auf Facebook bekommt, wird es wahr.

---

1 Kilo Federn ist leichter als 2 Kilo Eisen, weil Federn leichter sind.

Fische sind statistisch gesehen die am seltensten überfahrenen Tiere.

Götterspeise zittert deshalb so, weil sie panische Angst davor hat, gegessen zu werden.

FAKTILLON

Nur 25 Prozent aller Frühlingsrollen werden tatsächlich im Frühling verzehrt.

Wenn ein Glas zerbricht und man versucht, es wieder zusammenzusetzen, fehlt immer genau eine Scherbe. Kein Wissenschaftler der Welt hat je herausgefunden, warum das so ist.

In einem Schaltjahr hat der Monat Juni nur 30 Tage.

Bushido hört privat ausschließlich Scooter.
FAKTILLON

Ein Kamel kann 30 Tage komplett ohne Wasser auskommen. Es trinkt in dieser Zeit ausschließlich Saft, Milch und Bier.

Der Engländer Marc Price verlor 2001 bei einem Autounfall seinen kleinen Finger. Vier Jahre später fand er fast an derselben Stelle einen anderen.

Wenn man dasselbe Blatt Klopapier zweimal benutzt, reicht eine Rolle doppelt so lange.

Australier haben die stärksten Oberarme der Welt, weil sie aufgrund ihrer geografischen Lage auf Händen gehen müssen.
FAKTILLON

Ende der 30er-Jahre musste Mercedes alle GPS-Geräte wieder zurückrufen, weil die Stimme der Navigationssoftware einen ausländischen Akzent hatte.

Männer haben ein größeres Gehirn als Eichhörnchen.

Veganer essen im Laufe ihres Lebens keine einzige Spinne im Schlaf.

Ein Intercity fährt mit jedem an die Steckdose angeschlossenen Laptop ein bisschen langsamer.
FAKTILLON

Jetzt vor genau 30 Jahren war
Elton John auf dem Klo.

Unter Klosterbewohnern gibt es viel mehr
Jungfrauen als Löwen.

Heute vor 31 Jahren ist morgen
vor 31 Jahren und einem Tag.

Boxer tragen Handschuhe, damit im Falle einer unabsichtlichen Tötung während eines Kampfes keine Fingerabdrücke zu finden sind.

FAKTILLON

Menschen, die bis zu 24 Stunden pro Tag schlafen, sind glücklicher.

Katzen können den Geschmack von Kristallweizen und Hefeweizen nicht unterscheiden.

Marco di Lorenzo aus Sizilien hat im Sommer 2014 versucht, die Luft sieben Stunden lang anzuhalten. Geschafft hat er aber nur eine knappe Minute.

Eine Prise Katzenstreu hilft gegen tränende Augen.
FAKTILLON

Der durchschnittliche VW-Besitzer hat mindestens einen VW.

Bei Beziehungsproblemen liegt die Schuld in 99,9 Prozent der Fälle beim Mann.

Kaffeebohnen schlafen nie, weil sie immer voller Koffein sind.

Pflanzen, die mit klassischer Musik beschallt werden, geben im Schnitt 30 Prozent mehr für Wein aus.

FAKTILLON

Der DeLorean DMC aus »Zurück in die Zukunft« wurde im Jahre 2074 für 5 Millionen Dollar versteigert.

In Boston erhalten Menschen Geld, wenn sie arbeiten gehen.

Menschen, die im Sommer geboren wurden, frieren im Winter mehr als im Sommer.

Es ist besser, etwas mit eigenen Augen gesehen zu haben, als von einem wild gewordenen Alligator gefressen zu werden.
FAKTILLON

Dass Rache süß sein soll, ist ein Gerücht, das auf einer semantischen Fehlannahme basiert. Rache ist nämlich nichts Materielles, sondern ein abstraktes Synonym für Genugtuung, das man natürlich nicht schmecken kann.

Pyramiden halten so gut frisch, dass die meisten Pharaonen heute noch essbar sind.

Wenn man 100 Mal gegen dieselbe Stelle im Fenster klopft, geht es kaputt. Fliegen wissen das und versuchen so, nach draußen zu entkommen.

Die Sonne ist in Wirklichkeit rechteckig und erscheint uns nur aufgrund der Lichtbrechung in der Atmosphäre der kugelförmigen Erde als Kreis.

FAKTILLON

Als schlagendster Beweis für die Existenz des Urkontinent Pangäa gilt heute die Beliebtheit verschiedener Formen des Didgeridoo bei australischen und Schweizer Ureinwohnern.

Das Lied »Auf der Mauer, auf der Lauer sitzt 'ne kleine Wanze« war in der DDR verboten, weil es Staatsgeheimnisse verriet.

Wenn man jemanden laut und plötzlich mit »NICHT ERSCHRECKEN!« anschreit, erschrickt die Person trotzdem.

Eine 41-jährige Frau aus den USA hatte plötzlich das Gefühl, dass ihrer in Australien lebenden Zwillingsschwester etwas Furchtbares passiert ist. Doch als sie bei ihr anrief, meldete sich wie immer nur eine Männerstimme, die sagte: »Wie oft soll ich Ihnen noch sagen, dass Sie ein Einzelkind sind. Lassen Sie mich und meine Familie in Ruhe! Es ist mitten in der Nacht!«

FAKTILLON

Das Sandwich ist nach einer am Strand lebenden Hexe benannt.

Wenn man im Sommer die Heizung anmacht, kommt kalte Luft raus.

Es gibt eigentlich gar keine Menschen mit naturgrünen Haaren. Bei Grünhaarigen sieht es nur so aus, weil immer ein blaues Haar direkt neben einem gelben Haar liegt.

Eine Barbours Höckerschildkröte kann Geschwindigkeiten von bis zu 247 km/h erreichen, wenn sie an einen Porsche geschnallt wird.
FAKTILLON

82 Prozent des weltweit konsumierten Fleisches wird aus Tieren gewonnen.

Napoleon war nie auf dem Eiffelturm, weil er Höhenangst hatte.

Die niederländische Nationalhymne kann man vorwärts und rückwärts singen. Der Sinn ist immer derselbe.

Freundschaften, die im Alter zwischen 76 und 98 entstehen, halten ein Leben lang.
FAKTILLON

Das Sprichwort »Da wird der Hund in der Pfanne verrückt« kommt aus Frankreich, wo einmal ein Hund in einer Pfanne verrückt wurde.

Wenn man die Augen schließt, ganz schnell mit den Armen flattert und sich dabei langsam nach vorne lehnt, kann man volle Kanne auf die Fresse fliegen.

Wenn man 117 Jahre lang zur Weihnachtszeit Lebkuchen isst, lebt man mindestens 117 Jahre lang.

Wenn man ein Birkenblatt unter
einem Mikroskop mit 2000-facher
Vergrößerung betrachtet,
sollte man sich dringend
ein besseres Hobby suchen.
FAKTILLON

Bevor der Herbst erfunden wurde, war der Übergang zwischen Sommer und Winter sehr hart.

Dinosaurier sind nicht mehr vom Aussterben bedroht.

Der durchschnittliche männliche Hawaiianer mit polnisch-belgischer Abstammung besitzt zwei bis fünf Schraubenzieher.

Menschen, die ihren Tee ohne Milch trinken und andere mit zahlreichen Messerstichen umbringen, neigen eher dazu, Psychopathen zu sein.
FAKTILLON

Alle Szenen von »Star Wars Episode VII« wurden auf der Erde gedreht.

Weil Gold so wertvoll ist, bezeichnet man es auch als »das gelbe Gold«.

Das Wort »Illuminati« hat insgesamt drei »i«s und ein »t«. Wenn man es rückwärts ausspricht, bleibt die Anzahl der Buchstaben unverändert.

Wenn eine schwarze Katze von rechts nach links über eine Straße läuft und überfahren wird, bringt das der Katze Unglück.

FAKTILLON

Von der Erde aus sehen wir immer nur die beleuchtete Seite der Sonne.

Ein Österreicher wurde von seiner Frau verlassen, weil er sieben Monate und vier Tage am Stück gefurzt hatte.

Das Mitführen einer Diesellokomotive ist nach deutschem Strafrecht nicht verboten.

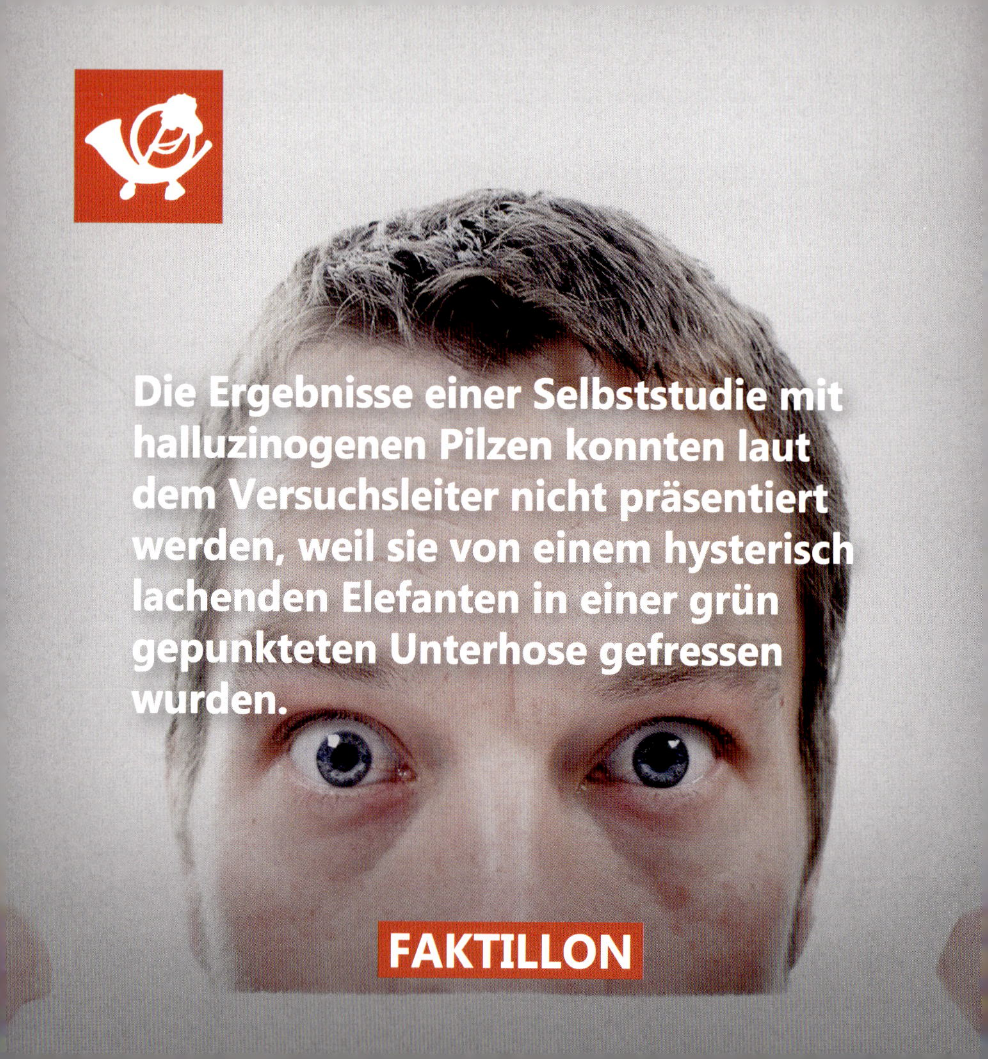
Die Ergebnisse einer Selbststudie mit halluzinogenen Pilzen konnten laut dem Versuchsleiter nicht präsentiert werden, weil sie von einem hysterisch lachenden Elefanten in einer grün gepunkteten Unterhose gefressen wurden.
FAKTILLON

Beate Uhse war bis zu ihrem ersten Mal Jungfrau.

Chemnitz ist der einzige Städtename, in dem die Buchstaben c,h,e,m,n,i,t und z in dieser Reihenfolge vorkommen.

Jules Verne hat seinen Captain Nemo aus »20.000 Meilen unter dem Meer« nach dem Animationsfilm »Findet Nemo« benannt.

Neun Katzen haben insgesamt neun Leben.
FAKTILLON

Wer anderen eine Grube gräbt, braucht in Deutschland eine eigene Baugenehmigung.

Wenn man durch einen Seifenblasenring pupst, riecht man es erst deutlich später.

Früher war alles um 1,392 Prozent besser.

Ein Mathematikprofessor aus Harvard, der nachts geweckt und mit einer komplizierten Rechenaufgabe konfrontiert wurde, war sofort in der Lage, denjenigen, der ihn geweckt hatte, zu verprügeln.
FAKTILLON

Der Yeti heißt mit bürgerlichem Namen Bikash Chhetri, ist 86 Jahre alt und existiert nicht.

Nussschnecken sind auf der Nordhalbkugel im Uhrzeigersinn und auf der Südhalbkugel gegen den Uhrzeigersinn gedreht. Auf dem Äquator gibt es nur Nussstangen.

Achtung, nicht umdrehen! Es steht genau hinter dir. Es kann dich sehen …

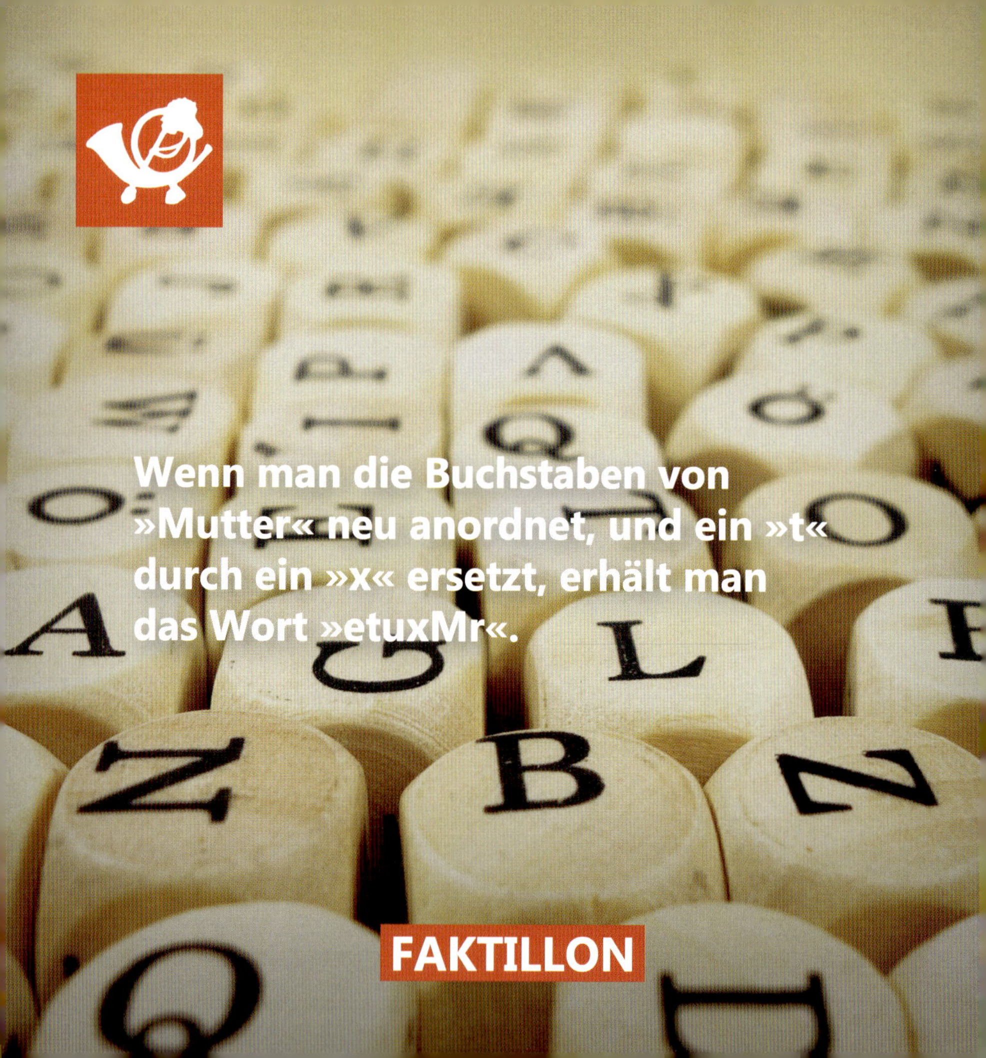

Wenn man die Buchstaben von »Mutter« neu anordnet, und ein »t« durch ein »x« ersetzt, erhält man das Wort »etuxMr«.

FAKTILLON

Walnüsse zählen zu den Säugetieren.

Der US-Amerikaner Bill McLaughlin wurde 1976 wegen Mordes hingerichtet. Schon 1981 wurde er wegen guter Führung wiederbelebt.

Elefanten können sich keine Geburtstage merken.

Ein erfahrener Ninja kann an einem einzigen Arbeitstag bis zu 130 Menschen umbringen.
FAKTILLON

Crystal Meth Zero hat genauso viele Kalorien wie normales Crystal Meth.

Wenn man alle Chinesen aufeinanderstellt, ist der Turm so hoch, dass der oberste Chinese den Mond berühren kann. Aber die UN-Menschenrechtscharta verbietet das.

In Honduras hat ein Kakadu innerhalb von drei Jahren 17 Banken ausgeraubt.

Nur 3 Prozent aller Selbstmörder würden alles wieder genauso machen.
FAKTILLON

Es gibt keine physikalische Erklärung dafür, warum Hubschrauber fliegen können. Sie tun es einfach.

Hammerhaie gehören zu den gefährlichsten Haiarten. Wenn man von einem Hammerhai gefressen wird, stirbt man.

Wenn man den ganzen Planeten Erde auf eine Waage stellen würde, würde die Waage kaputt gehen.

Wer sich beim Zwiebelschneiden in einem anderen Raum aufhält, muss nicht weinen.
FAKTILLON

Das Quokka ist das süßeste Tier der Welt. Es besteht zu 52 Prozent aus Zucker.

Verbindet man 3 beliebige Muttermale auf seinem Hintern mit einem Filzstift, erhält man immer ein Dreieck.

Die Melodie des Martinshorns wurde von Richard Wagner komponiert.

Kinder von Anästhesisten gehen immer pünktlich um acht Uhr ins Bett.
FAKTILLON

Es gibt eine Straßenkarte von London, auf der sämtliche Straßen und Wege der Stadt maßstabsgetreu aus der Vogelperspektive abgebildet sind.

Niemand weiß, wie viele Menschen in unbeobachteten Momenten von Schmetterlingen eine Klippe heruntergestoßen werden, da es keine Zeugen gibt und die Opfer nicht mehr aussagen können.

In Bayern ist Walfang verboten.

Mysteriös: Wenn man einem Schlafenden die Unglückszahl »dreizehn« ins Ohr brüllt, erschrickt er.
FAKTILLON

In Texas ist es verboten, auf dem Nachbargrundstück eine Atombombe zu zünden.

Pablo Picassos Eltern haben Weihnachten gehasst, weil sie von ihrem Sohn immer nur selbst gemalte Bilder bekamen.

Dieses Jahr muss am ersten Weihnachtsfeiertag niemand arbeiten, weil er auf einen Sonntag fällt.

Jugendliche spielen heutzutage täglich im Schnitt zwei Stunden länger am Computer als noch vor 100 Jahren.
BenQ
FAKTILLON

Es gehört sich nicht, der Königin von England eine Ghetto-Faust anzubieten, bevor sie einem einen High-Five gegeben hat.

Der Rennfahrer Sebastian Vettel heißt mit bürgerlichem Namen Sebastian Vettel und ist von Beruf Rennfahrer.

Wenn man eine Banane richtig wirft, kehrt sie zurück.

Würde man alle Katzen der Welt aufeinanderstapeln, hätte man einen riesigen Haufen Katzen.
FAKTILLON

Historiker schätzen, St. Martin habe nicht seinen halben Mantel, sondern lediglich 17/36 davon an den Bettler abgegeben.

Ein Windrad ist in der Lage, den eigenen Betrieb komplett aus Windenergie zu versorgen.

»Zahnarztfrau« ist kein Ausbildungsberuf.

Bildnachweise

Chones/Shutterstock.com (Seite 3); Anton_Ivanov/Shutterstock.com (Seite 4); markito/Pixabay.com; Ben_Kerckx/Pixabay.com; stux/Pixabay.com; Olaf Kosinsky/Skillshare.eu; InspiredImages/Pixabay.com; emetzner130/Pixabay.com; ivoxis/Pixabay.com; Alexis/Pixabay.com; FineShihe/Shutterstock.com (Seite 24); Clker-Free-Vektor-Images/Pixabay.com; PhotoLizM/Pixabay.com; MariaGodfrida/Pixabay.com; Gellinger/Pixabay.com; DinahmiteAU/Pixabay.com; TC-TORRES/Pixabay.com; pashminu/Pixabay.com; DasWortgewand/Pixabay.com; karl62esau/Pixabay.com; Philipp vpn Ostau/CC BY-SA 3.0; maumau97/Pixabay.com; Luis-e/Pixabay.com; tpsdave/Pixabay.com; Chepko Danil Vitalevich/Shutterstock.com (Seite 54); Polarpx/Shutterstock.com (Seite 56); Unsplash/Pixabay.com; AdinaVoicu/pixabay.com; PublicDomainPictures/Pixabay.com; Matt Antonio/Shutterstock.com (Seite 64); 925676/Pixabay.com; ErAnger/Pixabay.com; VintageBlue/Pixabay.com; naefffamily/Pixabay.com; PublicDomainPictures/Pixabay.com; Unsplash/Pixabay.com; WikimediaImages/Pixabay.com; blickpixel/Pixabay.com; Archbob/Pixabay.com; HASTYWORDS/Pixabay.com; HolgersFotografie/Pixabay.com; dagon_/Pixabay.com; 422737/Pixabay.com; Tomasz_Mikolajczyk/Pixabay.com; Jan-Mallander/Pixabay.com

Ein Bild sagt mehr als 1.000 Worte – jedoch sagen exakt 1.785 Worte genau 1/8 mal mehr als ein Bild.

Historiker schätzen, St. Martin habe nicht seinen halben Mantel, sondern lediglich 17/36 davon an den Bettler abgegeben.

Ein Windrad ist in der Lage, den eigenen Betrieb komplett aus Windenergie zu versorgen.

»Zahnarztfrau« ist kein Ausbildungsberuf.

Bildnachweise

Chones/Shutterstock.com (Seite 3); Anton_Ivanov/Shutterstock.com (Seite 4); markito/Pixabay.com; Ben_Kerckx/Pixabay.com; stux/Pixabay.com; Olaf Kosinsky/Skillshare.eu; InspiredImages/Pixabay.com; emetzner130/Pixabay.com; ivoxis/Pixabay.com; Alexis/Pixabay.com; FineShihe/Shutterstock.com (Seite 24); Clker-Free-Vektor-Images/Pixabay.com; PhotoLizM/Pixabay.com; MariaGodfrida/Pixabay.com; Gellinger/Pixabay.com; DinahmiteAU/Pixabay.com; TC-TORRES/Pixabay.com; pashminu/Pixabay.com; DasWortgewand/Pixabay.com; karl62esau/Pixabay.com; Philipp vpn Ostau/CC BY-SA 3.0; maumau97/Pixabay.com; Luis-e/Pixabay.com; tpsdave/Pixabay.com; Chepko Danil Vitalevich/Shutterstock.com (Seite 54); Polarpx/Shutterstock.com (Seite 56); Unsplash/Pixabay.com; AdinaVoicu/pixabay.com; PublicDomainPictures/Pixabay.com; Matt Antonio/Shutterstock.com (Seite 64); 925676/Pixabay.com; ErAnger/Pixabay.com; VintageBlue/Pixabay.com; naefffamily/Pixabay.com; PublicDomainPictures/Pixabay.com; Unsplash/Pixabay.com; WikimediaImages/Pixabay.com; blickpixel/Pixabay.com; Archbob/Pixabay.com; HASTYWORDS/Pixabay.com; HolgersFotografie/Pixabay.com; dagon_/Pixabay.com; 422737/Pixabay.com; Tomasz_Mikolajczyk/Pixabay.com; Jan-Mallander/Pixabay.com

Ein Bild sagt mehr als 1.000 Worte – jedoch sagen exakt 1.785 Worte genau 1/8 mal mehr als ein Bild.